DE LA MÊME AUTEURE

J'avais prévu autre chose… , novembre 2018 eBook Librinova, mai 2019 Broché BoD.

A VENIR

Collection de carnets pratiques (développement personnel/bien être) *douze mois pour moi,* à paraître fin 2019.

A tes souhaits ! , courant 2020.

www.cecileblanche.wordpress.com

Recueil de nouvelles

J'ai toujours rêvé

*Où finit le rêve,
où commence la réalité ?*

Cécile Blanche

© Cécile Blanche, septembre 2019

Tous droits réservés. Le Code de la propriété intellectuelle interdit les copies ou reproductions destinées à une utilisation collective. Toute représentation ou reproduction intégrale ou partielle faite par quelque procédé que ce soit, sans le consentement de l'auteure ou de ses ayants cause, est illicite et constitue une contrefaçon sanctionnée par les articles L335-2 et suivants du Code de la propriété intellectuelle.

Ceci est une œuvre de fiction. Les personnages et les situations décrits dans ce livre sont purement imaginaires : toute ressemblance avec des personnages ou des événements existants ou ayant existé ne serait que pure coïncidence.

Le visuel de couverture est reproduit avec l'autorisation de :
© Cécile Blanche
Photo : pixabay/pexels
Conception graphique : © Cécile Blanche
Tous droits réservés

ISBN papier :

EAN numérique :

Car c'est par l'écriture toujours qu'on pénètre le mieux les gens.

La parole éblouit et trompe, parce qu'elle est mimée par le visage, parce qu'on la voit sortir des lèvres, et que les lèvres plaisent et que les yeux séduisent.

Mais les mots noirs sur le papier blanc, c'est l'âme toute nue.

GUY DE MAUPASSANT

Frémir

J'aimais marcher pieds nus dans l'herbe mouillée. Sentir l'empreinte fraîche de la nuit, les brins d'herbe me chatouillant les chevilles. Tout mon corps se branchait à la terre vibrante, nourrissante. Je me disais qu'il pourrait finir par s'enraciner comme un arbre si je restais suffisamment longtemps immobile, dehors, contre elle. Connectée.

Faire corps avec elle. Mélanger mes racines à celles des chênes, des hêtres, des charmes. Me faire grignoter l'écorce par les oiseaux, les écureuils, les chevreuils. Accueillir la caresse du vent dans mes branches, mes feuilles. Frémir. J'aimais les arbres depuis toute petite. Ils m'apaisaient.

Je me réveille. Je suis dans ce lit. Je me rappelle que ça fait des semaines. Combien... je ne sais plus. Je suis coincée ici. La nuit, je rêve que je marche dans l'herbe, je rêve que je danse. Mes déhanchements affolent les hommes sur la piste et je me vois tournoyer, riant aux éclats. J'aime tellement séduire. C'est bon de sentir le regard brillant de désir d'un homme sur mon corps.

Nathalie vient m'apporter le petit cocktail habituel. Tournée générale! Allez, *santé*, comme on dit ! Ah non, là, on est très loin du *chien enragé*: vodka - framboise - tabasco. Ici, c'est plutôt *chien errant*: antidouleur - antidépresseur - somnifère.

Je comprends qu'on est le soir car le chariot du dîner arrive dans la foulée avec son florilège d'odeurs nauséabondes. *Bon appétit !*

Je suis toujours plus vulnérable à ce moment-là de la journée. Je ne sais jamais ce que va m'offrir la nuit: une dernière danse ou une chute percutante ?

Finalement, j'aurais dû refuser. Il commençait déjà à glisser sa main au fond de ma culotte. Mon corps frémissait sous ses doigts. Je me rappelle d'ailleurs m'être dit qu'il était sacrément doué tandis que je sentais mon ventre se contracter de plus en plus. Mon bassin poussait vers sa main, cherchant à aller plus vite, plus loin. Lui aussi semblait vouloir en finir au plus vite. Je riais et je crois que ça l'excitait encore plus. Je gloussais de plaisir, ivre de cette soirée et de ce qui m'attendait à l'arrivée. Je me souviens qu'il était très joli garçon.

La belle affaire, maintenant il est mort. Je ne pensais pas dire ça un jour mais, à présent, je déteste les arbres. Surtout les platanes. Ce soir-là, un de ces arbres, apparemment inoffensifs, m'a transformée en tronc. Inerte, insensible.

Je ne frémis plus. A jamais.

C'est quoi la réalité ?

Cher Petit Prince,

Ca fait déjà longtemps que tu es reparti et j'attends toujours de tes nouvelles.

Je me trouve moi-même sur une planète vraiment bizarre. On ne peut pas s'y balader librement, comme dans le désert où nous nous sommes rencontrés. Il y a des codes à respecter. Et beaucoup de règles. Par exemple, les enfants ne doivent pas rire car c'est trop dangereux. D'autres enfants ont la chance de pouvoir partir, comme toi. Sont-ils avec toi ? Dans un endroit où les baobabs sont menaçants et les roses capricieuses ? Un endroit où je pourrais entendre à nouveau les grelots de ton rire ?

Au moment de m'endormir, je pense souvent au serpent qui t'a aidé à partir. J'aimerais en rencontrer un, qu'il puisse m'aider à te rejoindre. Papa et maman disent qu'il faut être patiente mais ce n'est pas vraiment ma principale qualité, si tu vois ce que je veux dire !

J'ai rencontré une petite Alice qui a atterri dans notre cachette car elle cherchait un lapin. Elle avait l'air surprise de se retrouver là, avec nous. C'est vrai que c'est un endroit surprenant. Enfin, pas comme si les citrouilles se transformaient en carrosse non plus !

Elle dit qu'elle était tranquillement en train de lire sous un arbre quand elle a vu un lapin courir vers les hautes herbes. Curieuse de nature, elle aussi, elle l'a suivi et s'est perdue.

Tu sais, Petit Prince, j'aimerais vraiment que tu reviennes me parler de cet aviateur. J'aimerais savoir ce

qu'il est devenu, avec son avion.
A-t-il pu le réparer ? Est-il arrivé à destination ?

Souvent, dans ma tête, je voyage. Dans ma tête, il n'y a aucune limite. J'aimerais y vivre tout le temps mais je ne peux pas. Maman dit que je me coupe trop de la réalité. Quelle réalité ? Je ne peux croire que ce qui se passe dehors est la réalité. Et d'ailleurs, comment sait-on quand on est dans la réalité ou non ? Certains disent que tu n'existes pas. Seulement dans ma tête. Ca leur parait absurde. Moi, ce qui me parait absurde, c'est qu'on maltraite et tue des gens parce qu'ils sont juifs. Je préfère croire que la réalité, c'est toi. Ecris-moi vite ! Je pourrais leur montrer ta lettre, ils seront obligés de me croire !

Ton amie pour la vie, Anne F.

Comme dans un conte

Je m'appelle Anna - sans doute par amour pour Tolstoï - comme beaucoup de jeunes femmes d'Europe de l'Est. Pourtant, ce prénom en forme de palindrome semble traverser les siècles sans perdre de sa superbe. J'ai été élevée par mon père Anton comme une princesse, ma mère étant morte en couches. On dit que je lui ressemble avec mes yeux translucides, ma peau diaphane et mes longs cheveux blonds très clairs, presque blancs. J'ai fait mes études à Moscou. Anton Michalkov - mon père - a un sens élevé du devoir et de l'honneur. De ce fait, il était inconcevable pour lui qu'il en soit autrement.

J'habite là depuis deux ans déjà, tandis qu'il continue à vivre chichement dans notre petite isba à la lisière de la forêt. Il dit que ça lui convient parfaitement, que de cette façon, il se sent comme un personnage de conte : l'histoire du luthier de la forêt et de sa fille Anna, partie pour Moscou, qui épousa le prince et devint princesse. Son seul plaisir est de savoir qu'il a réussi à m'offrir le meilleur, à l'instar des contes, justement, qu'il me lisait petite pour m'endormir. Plus grande, il me les racontait encore pour sécher mes larmes quand un garçon n'avait pas su me mériter.

— Nucha, bientôt, tout ira bien pour toi, tu iras à la capitale et tu rencontreras ton prince !

— Mais Baba... c'est dans les contes, ça ! Je ne suis plus une petite fille !

— Non, Anouchka, il faut y croire, c'est tout !

Je le laissais dire, trop soucieuse que j'étais de préserver ses rêves.

Il attrapait alors sa balalaïka et pinçait les cordes pour que la musique puisse raconter tout ce que les mots ne savent dire. Il jouait alors *la chanson de maman*, celle de Boris Feoktistov, dont je n'ai jamais connu le véritable nom puisqu'il l'avait toujours appelée *la chanson de maman*. Le bois qui crépitait dans l'âtre semblait lui donner la réplique. J'adorais regarder les reflets ambrés des flammes danser sur le bois du luth.

C'était de ces moments réconfortants auxquels je repensais avec nostalgie quand je me retrouvais dans la solitude de mon appartement moscovite sombre et froid. Mélancolique mélodie de l'âme, la douceur de cette musique me consolait comme le ferait une mère, j'imagine. Une mère qui, caressant tendrement mes cheveux de refrain en refrain, chanterait tout bas la beauté du monde qui renaît chaque matin. Elle chanterait la tristesse de la Russie qui se meurt d'avoir trop voulu ressembler à ses soeurs occidentales. Elle chanterait ses enfants morts pour sa Patrie, endormis pour l'éternité. Elle les ferait renaître. On devinerait leur choeur chanter au loin dans la plaine la gloire de Dieu.

Si elle le pouvait. Si elle était là. Mais seul le silence accompagne mes pas. L'habitude du silence.

Mon père n'a jamais refait sa vie et, par conséquent, je suis restée son unique enfant.

Il a voulu tout me transmettre, urgemment. Cette tradition orale paysanne fortement ancrée dans notre culture et présente dans notre lignée depuis des décennies, il me l'a racontée. Toute entière. Encore et encore. Riche et foisonnante. Tranchante et lancinante. Les guerres, les famines, les repas en musique. Les rires arrosés à la vodka - médication locale - , les mensonges... La vie.

La musique est sacrée dans notre famille. Oncle Vlad joue du violon et grand-père jouait de l'accordéon. C'est notre trésor, notre héritage merveilleux : notre famille symphonique. Quand la faim, le froid, la peur les tenaillaient, la musique - et la vodka ! - réchauffait toujours les corps et les coeurs meurtris. Leur vie ne laissant aucune place à la chance ou au hasard : la musique pour conjurer le sort, pour rester digne.

Aujourd'hui, la misère est apparemment un mauvais souvenir dans cette ville où le Goum est devenu un immense et luxueux centre commercial. Pourtant, dans ma ville, se côtoient nouveaux riches et affamés. Rires ventrus et édentés. Paillettes et moisissure.

De ma fenêtre du dernier étage, j'admire le défilé des papakhas et les chapkas dans cette petite ruelle cahoteuse. Vus d'en haut, les passants sont tous égaux. J'ai encore fini tôt ce matin et la nuit a tombé sans que je voie le jour. La place rouge était encore vide à cette heure-ci et personne n'a pu me voir tituber puis m'écrouler. Le bruit de ma chute a résonné dans ma tête. J'ignore si l'écho que j'ai perçu a vraiment existé ou si c'est la violence du contact de mon crâne sur les pavés qui l'a créé à l'intérieur de moi. Ou encore cet écho est à l'image du vide de mon existence, honteuse et glauque.

Parfois, je ris en regardant cette cathédrale, celle du *Bienheureux,* aux allures de palais de sucre d'orge, bordant la place. Je ris de mon *sort ironique*. Moi qui rêvais de cette ville qui me délivrerait de cette condition trop modeste... Moi, Anna, la Princesse Anna, je me retrouve plus souillée et souillon que Kristina, la fille du voisin de mon père, qui traie les vaches et les mène aux champs.

Pendant ce temps, je palpe le pis des hommes riches qui me donnent volontiers un coup de sabot si je ne mets pas assez de coeur à l'ouvrage ! Je fréquente les palais, Baba, oui. Je fréquente les princes qui me font danser, oui. Mais quand les premiers rayons filtrent au travers des rideaux qui pendent péniblement aux fenêtres de ces chambres inanimées; après avoir usé et abusé de mon corps, après avoir exploité tous mes orifices pour quelques milliers de roubles, ils me jettent à coups de pied dans les côtes, tes princes! Comme ils boivent leur Moskovskaya, *cul-sec*, avant de balancer leur verre, négligemment par dessus l'épaule.

Mon père ignore tout, bien sûr. Ça le tuerait. De honte, d'effroi ou de chagrin, ou les trois...

Parfois, je fredonne en rentrant chez moi aux premières lueurs. A défaut d'apaiser les écchymoses sur ma peau, je souffle avec ma voix sur mon âme, pour la ranimer. Un homme croisé en chemin me complimente parfois et me sourit. Je baisse les yeux, l'habitude de la soumission.

— Encore une fois et je pourrais arrêter, encore une fois, me dis-je, chaque matin.

Et chaque soir, chatte famélique, je me faufile à bord des limousines, souris docilement à ces mâles suintants et gonflés. Leurs grosses mains remontent sur mes cuisses avant même que mes fesses aient touché le cuir luisant de la banquette. Je me concentre sur la morsure de l'eau fumante de la douche que je prendrai ensuite, après que leur sexe m'ait profanée. Une brûlure en chassant une autre.

Je regarde vers le ciel de ces palaces dorés, prise de vertige. Moi, Anna, je ne suis qu'une *toute petite pute de luxe*, insignifiante et jetable. A Moscou, même le métro se pare de bijoux et de dorures. Partout ici, même sous le sol, là où logent les rats, il faut éblouir. Il faut parader, l'égo en avant, au bras de cette jeune fille au prénom de grande dame, faisant rêver les petites filles. Elle, rêve secrètement de sa maisonnette de bois sous un chapeau de neige: son paradis perdu. Perdu. Baba, si tu savais...

Mes larmes coulent, mon mascara aussi sans doute. Ce dernier dessine sur mes joues un sillon qui se creuse de plus en plus. Un chemin que mes larmes connaissent par coeur désormais. L'habitude du malheur.

— Mademoiselle, ça va?

Je lève les yeux, peinant à soulever ma pauvre tête et distingue une silhouette.

L'homme s'agenouille et approche sa main de mon visage. J'aimerais reculer mais ...

— Je suis là pour vous aider, Mademoiselle. Restez tranquille, tout ira bien, dit-il doucement en me caressant les cheveux.

C'est alors que j'entends mon âme murmurer la chanson, la balalaïka, le feu...

Mes yeux se referment, sourient tandis que la voix de mon père me revient:

— Nucha, tout ira bien, tu rencontreras ton prince !

Comme dans un conte...

Un conte où le baiser du prince sauve la jeune fille d'une mort certaine, à la merci des loups, perdue dans la neige sibérienne.

Au lieu de ça,

Ça fait longtemps que je rêve de partir.

Je rêve d'un bateau qui m'emmènerait dans une île perdue où il n'y aurait plus ni réveil, ni transport, ni collègue, ni contrainte, ni argent.

Au lieu de ça, quand le réveil sonne chaque matin, je me réveille et le bateau n'est toujours pas là. Au lieu de ça, le métro bondé et puant m'emmène vers plus de contraintes, vers des collègues qui minaudent puis médisent. Des collègues qui rient aux éclats en salle de pause et s'effondrent en sanglots dans la solitude des toilettes.

Au lieu de ça, il y a la peur de manquer qui rend les gens si méfiants, distants et calculateurs.

Au lieu de ça, je m'emmerde dans ma petite vie étriquée et trop bien réglée comme un réveil, un métronome qui te dit à quel rythme tu vis, manges, baises, pour ne pas manquer de ce temps si précieux qui coûte si cher.

Plus cher qu'un bateau.

Je suis dangereux

Je me réveille. J'ai perdu toute notion de temps. Du jour, de la nuit. Avec ce qu'ils me filent, je dors comme un chat. Un chat bien bien défoncé, certes, mais un chat quand même ! Il parait que les chats dorment en moyenne vingt heures sur vingt-quatre. Ça doit être à peu près ça. Ils ne m'ont même pas laissé ma montre. Comme si j'allais me suicider en me tranchant les veines avec la trotteuse ou tuer l'infirmier en lui crevant l'œil avec l'aiguille des minutes. Ils disent que c'est pour mon bien que je suis ici.

Je suis dangereux pour moi-même et pour mon entourage. C'est le monde qui est dangereux. Ils savent que j'ai compris leur petit manège et ils ont juste peur que je divulgue sur mon blog l'effrayante vérité. Ma mère pleurait au téléphone la dernière fois que je l'ai eue. Je crois qu'ils lui ont raconté de belles conneries à elle aussi... Elle est tellement naïve, la pauvre. Tout le contraire de moi ! Y'a qu'à voir comment elle s'est faite embobinée par mon paternel. Celui-là, je pense qu'il était bel et bien fou ! Mais c'est le monde qui l'a rendu fou. L'injustice. Les humiliations. Ca l'a perdu. Ils disent que c'est héréditaire. Je ne pense pas. Ils ont trouvé ce truc bidon de l'hérédité pour justifier tous les tests qu'ils font sur moi. Comme Hitler faisait aux juifs. Il y a un psy de mes deux qui vient me voir tout le temps. Je ne sais pas combien de fois par semaine. De toute façon, les semaines, les jours, c'est fini tout ça, ça existe plus. Je suis sûr qu'ils ne veulent pas me dire quel jour on est pour que je perde vraiment les pédales et pour pouvoir dire alors :

— Vous voyez, ce jeune homme n'avait plus toute sa tête ! On a fait de notre mieux pour l'aider mais c'était héréditaire.

Le psy, il me pose tout le temps des questions sur mes sensations. Je suis sûr que c'est pour ses recherches, savoir les effets secondaires du traitement ! Et après, ils osent dire que c'est le cannabis qui m'a fait devenir comme ça. Paranoïaque, ils disent. Ça, c'est la parade qu'ils ont trouvée pour neutraliser tout ceux qui vont à l'encontre de leur Plan. Et comme j'ai un mental fort, j'ai de suite vu clair dans leur jeu. Déjà, j'ai démonté la télé car je savais pertinemment qu'ils y avaient planqué des micros. Malheureusement, je ne les ai pas trouvés. Ils espionnent tout le monde, de toute façon ! Mais ça, merde, c'est pas un scoop quand même, on le sait tous mais on fait l'autruche et on ferme sa gueule ! On regarde sa télé-réalité virtuelle et on gobe, on gobe... Des conneries ! Et aussi des cachetons pour s'endormir le soir, pour rester éveillé la journée, pour rigoler un peu entre les deux. Moi, je sais. Je vois TOUT. Oui, en effet, je suis devenu de plus en plus dangereux. Dangereux pour eux, oui ! C'est logique, avec mes compétences en informatique, en plus !

J'ai entendu dire que parfois, ils te donnent le choix : soit ils te mettent la camisole chimique comme à moi, soit ils t'embauchent dans leur équipe pour mieux préparer leur Plan. J'avais un copain qui avait réussi à sortir et il me disait que parfois, ils te font des électrochocs. Pour ton bien, soit disant... Sauf qu'évidemment, après t'es plus bon à rien. Bon, remarque, lui, il était déjà pas bon à grand chose au départ.

J'ai l'impression d'avoir vraiment les neurones dans la mousseline. Bouffées délirantes qu'ils ont dit.
NON ! Faut-il le dire deux fois, MERDE ?! NON, JE NE SUIS PAS FOU ! Évidemment, dès que t'es pas un gentil petit mouton, tu délires ! Ils nous font croire à des trucs

de barge, genre un mec marche sur la lune ou des avions foncent peinards dans des tours jumelles mais quand moi, je dis qu'on a mis des micros dans ma télé ou qu'on a mis mon portable sur écoute, là, bien sûr, c'est du vrai délire psychotique ! Je dois vraiment les faire flipper car j'ai même pas le droit de participer aux séances d'art thérapie. Là aussi, c'est logique, ils ont peur que j'endoctrine les autres et qu'on se rebelle tous ensemble. Et oui, isolés, on est comme des pauvres loques, mais l'union faisant la force, si on arrive à se rassembler, ils sont foutus !

Je me réveille. En sueur. J'ai encore fait ce rêve où je suis en chambre d'isolement. Je me lève, titube un peu jusqu'à la cuisine et bois de grandes gorgées d'eau directement au robinet. Je me passe la main sur le visage, me gratte la tête, baille et hésite à retourner me coucher.

Je regarde l'heure sur le four. Le réveil sonne dans une heure. Tant pis. J'allume l'ordinateur et me fais couler un café. J'espère que le bruit du percolateur ne va pas réveiller Isa. Heureusement, elle a le sommeil lourd, pas comme moi. Moi, si le chat ronronne dans la chambre, ça me réveille !

Je porte la tasse fumante à ma bouche. Rien que l'arôme du café me réconforte et me réveille simultanément. C'est fou, le pouvoir du conditionnement, quand même! J'ai beau le savoir par cœur, ça m'étonne toujours. Je devrais réduire d'ailleurs car Isa me trouve de plus en plus sur les nerfs ces temps-ci et j'ai tendance à avoir des tremblements au niveau des mains que je n'avais pas avant. Il y a une sophrologue qui intervient dans le service une fois par semaine, je lui demanderai peut-être deux, trois astuces pour me détendre. C'est vrai que c'est prenant comme boulot...

Je cherche des sites sur la théorie du complot. J'en parcours deux, trois en diagonale, allume une clope et

souffle une longue bouffée vers l'écran. Hypnotisé.
J'entends des pas. Merde, je l'ai réveillée ! Elle va encore me demander ce que je fous sur internet en pleine nuit.

— Mais qu'est-ce que tu fais debout à cette heure-ci...devant...devant quoi ? C'est quoi ce site ? Tu vas pas me dire que tu crois à ces conneries, quand même ?! Elle pouffe.

— Non, bien sûr que non ! C'est pour le boulot, tu sais. Je me documente.

— Ah oui...pour tes patients ! Punaise, il doit pas y en avoir beaucoup des psys qui se documentent la nuit sur internet pour mieux comprendre et se mettre dans la peau de leurs patients ! Mon amour, tu m'épates !

— Oh tu sais, c'est un métier qui me passionne et puis, j'aime aussi comprendre et apprendre.

— Ouais, ben moi, je retourne me coucher...

— D'accord, ma puce. A demain...enfin, à tout à l'heure !

J'entends la porte de la chambre se refermer. J'efface l'historique de mes recherches sur Google. On m'a parlé d'un autre moteur de recherche, je dois penser à redemander le nom. J'ouvre un dossier intitulé BOULOT, un document Word SANS NOM et je tape à toute vitesse.

Vendredi 23 novembre 2018

Ça y est, j'ai enfin trouvé aujourd'hui la preuve qu'ils nous mentent tous ! Nous sommes en danger. Je dois intervenir intelligemment pour ne pas me faire repérer. J'ai peur de finir comme mes patients, s'ils comprennent que je connais leur Plan. S'ils comprennent qui je suis et quel pouvoir j'ai !

Brèves de comptoir

Juste un doigt

Il me matait depuis que je m'étais collée au zinc. J'avais passé une sale journée. J'y jetais un oeil et découvris le sien : salace. Sourire de vainqueur. Il me proposa un verre traînant vers moi son tabouret comme une vieille son caddie de marché. Il plongea son index vers mon décolleté. On aurait dit un p'tit gros dans un magasin de sucreries.
J'ai alors sorti ma lame et rétorqué, tranchante :
— OK mais juste un doigt !
Je lui jetais le sien à la gueule, me décollant du zinc. Plus soif. Je sortis du bar. J'avais retrouvé ma bonne humeur : sourire de vainqueuse.

JTM

Je le retrouve tous les soirs. Casque sur l'avant-bras droit. Gaucher ? Ses mains sont-elles douces ? Il commande un Perroquet. Exotique. Je hais l'anis. L'aimerais-je sur ses lèvres ? Il semble attendre.
Je reçois le même message :
Peux pas venir. DSL. TKT. JTM
DSL : désolé. TKT : Ne t'inquiète pas. JTM : Je t'aime. Avarice de mots d'amour.

Il griffonne sur un ticket de caisse. Gaucher. Je souris. Il le laisse sur le zinc et fuit. Je m'en saisis.
Et si on changeait de bar? Je suis dehors.

Depuis, nous changeons chaque soir et nous écrivons de longues lettres avec des *je t'aime* en toutes lettres.

La poire en deux

C'était la saison des vacances. L'air était si chaud cet été-là qu'on avait l'impression, en sortant de la voiture climatisée de mon père, qu'on nous avait plongés avant décongélation dans un four à 200°. Nos corps gonflaient instantanément. Cette atmosphère fiévreuse plombait tout. La digue exhalait un mélange écœurant de goudron bouillant et de Monoï. Je regardais se déplacer ces femmes obèses, rougeoyantes, gitane au bec, dont tous les membres, à chaque pas, frottaient le tissu à grosses fleurs de leur robe en polyester tandis qu'elles braillaient sur la petite dernière barbouillée de-chocolat. On ne distinguait guère qui, de la poussette ou de la grosse mamma, portait l'autre. Aussi, je me figurais que ce devait être bien pire pour elles, cette canicule. Mais à y regarder de plus près les jolis yeux embués de la fillette chocolatée, la plus à plaindre était sans conteste cette dernière, devant endurer les bouffées de chaleurs hystériques de sa génitrice par tous les temps. Je savais que c'était la dernière fois que je partais en vacances avec mes parents.

Et ce, pour de multiples raisons : La plus logique étant que j'aurai le permis l'an prochain et donc la possibilité d'échapper à la torture d'être en famille durant deux semaines 24h/24. La deuxième, que je n'en pouvais plus des engueulades entre mes parents qui, de ce côté-là, ne prenaient JAMAIS de vacances ! Chaque année, j'espérais qu'ils divorceraient à la rentrée et, Ô Seigneur, nous délivreraient du mal (Amen !) mais, jusqu'ici, en vain. Tertio, je ne supportais plus ces beaufs gras et rougeauds étalés comme des cétacés sur des kilomètres de sable, dégoulinant tels des glaces Miko sous le soleil du *Chnord*.

Mon père me traitait sans cesse de vieille anglaise snobe. Malgré moi, je me sentais simplement trop loin de cette *culture,* de ces gens qui font TOUT fort, bruyamment : parler, rire, manger, boire, etc. L'année dernière, j'ai décroché le gros lot avec le couple qui louait l'appartement mitoyen du nôtre et qui, la nuit venue, faisait *ça* tellement fort que le mur de ma tête de lit en tremblait (de peur ou de dégoût, qui sait ?). J'avais fini par me demander s'ils ne tournaient pas un film pour adultes. Je vous jure que, pour moi, se battre avec une horde de zombies, ça aurait été de la rigolade, à côté de *ça* !

Et dernière raison : les pleurs de mon petit frère chéri Xavier dit Zazou qui, à moins qu'il n'ait quelque chose dans le gosier, ne cesse de hurler qu'il existe depuis... qu'il existe. *Résiste, prouve que tu existes !* Bref, les vacances avec ma famille à Berck, ce n'est définitivement PAS des vacances.

Comme chaque année, mon père voulait s'installer vers le haut de la plage, contre la digue en béton, sous un parasol avec Zazou, pour marcher le moins possible et rester loin du bruit. Et, comme chaque année, ma mère, elle, préférait s'installer le plus près possible de l'eau pour pouvoir surveiller plus facilement ma petite sœur qui ne savait pas encore bien nager. Quant à moi, évidemment, tout le monde se fichait pas mal de mon avis ou de mon envie. Ça finit donc cette année, comme chaque année, par la fameuse *poire en deux* (l'expression favorite de ma chère maman !) :
— Sinon, on coupe la poire en deux, on se met au milieu, comme ça, tout le monde est content ?!

— Mais maman, c'est n'importe quoi, ta théorie ! C'est débile ! Puisque papa est trop loin de la digue et toi trop loin de l'eau. Donc, non ! PERSONNE n'est content !
— Sophie, ne parle pas comme ça à ta mère, on fait comme on a dit et puis c'est tout ! C'est fou cette insolence des ados, de nos jours ! J'aurais parlé comme ça à ma mère, j'aurais pris un aller-retour direct Berck-sur-mer / Le Touquet-plage par mon paternel ! T'as bien d'la chance !
— Oui, c'est vrai, on se serre la ceinture toute l'année pour vous payer des vacances et voilà comment on est remerciés ! Tu pourrais faire un effort, Sophie...

Silence. Soupir. Regard vers le ciel.

C'était le seul moment où mes parents étaient en harmonie : quand, en chœur, presque main dans la main, ils s'acharnaient sur un ennemi commun. En l'occurrence, moi ! Mais je savais qu'il n'y avait là rien de personnel car c'était le même cirque vis-à-vis de la voisine et de son sale cabot; de cet escroc de Macron ou de la maîtresse de Zélie qui faisait mal son travail puisque cette dernière ne savait toujours pas lire en fin de CE1 !

— Ils nous demandent de nous investir plus dans l'éducation de nos enfants ! Nan, mais je rêve ! Et avec ça, ils ont de plus en plus de devoirs à la maison... Si vous voulez mon avis, ça, c'est pour compenser l'incompétence des profs, tu peux être sûr ! Bientôt, on devra les éduquer à leur place, si ça continue !

Mon père avait la maladie du *bonvieuxtemps*. Une maladie qui t'empêche d'apprécier le moment présent ou de considérer comme possible le concept de progrès, dans un sens positif. Pour lui, plus on avance, plus on régresse.

Dans tous les domaines. Indéniablement. Et moi, ça me fait sou-pi-rer.

Je ne sais pas si ma mère a un début d'avis là-dessus - elle le donne rarement - mais elle rétorque toujours :
— Arrête, Patrick, tu sais bien que tu te fais du mal pour rien et puis, c'est mauvais pour ton cœur de t'énerver comme ça, le docteur l'a dit.

Ma petite sœur a de la chance, elle. C'est le contraire: Elle est toujours contente. Elle semble véritablement vivre dans un univers parallèle, avec ses amies les licornes, à faire du toboggan sur les arc-en-ciel.

Ma tante Zette (je réalise avec effroi que je ne connais même pas son vrai prénom...) a une théorie là-dessus, qu'elle nous expose en mâchouillant ses Nicorettes (elle essaie de ré-arrêter de fumer) :
— Elle est un peu simplette, la tiote... En même temps, elle est tellement jolie, on peut pas tout avoir dans la vie ! Vous avez la grande qui a pas un physique facile mais qui est un vrai Trivial Pursuit (*merci tata* !) et la ptite Zézé, c'est le contraire...Le tiot, on sait pas trop bien, hein...A cet âge-là, ils sont tous moches, de toute façon ! Moi, c'est pour ça que j'ai préféré avorter, j'aurais pas pu supporter qu'il soit moche !

Certes, je suis intelligente. Il est là. Mon drame.
— Tellement qu'elle a raté une classe, la gosse !
— *Sauté*, on dit, Patrick, *sauter une classe.* corrige ma mère.

Ma mère aussi a sauté une classe. C'est héréditaire, selon la psy que je suis allée voir en CP. Elle voulait être institutrice, justement. Ma mère, hein, pas la psy...enfin, à ce que j'en sais ! Bref ! Je crois qu'elle était tellement bien à l'école qu'elle voulait y rester. Remarque, quand on connaît mes grands-parents, on n'est pas surpris. C'était pas vraiment la fête foraine à la maison, à part pour les sensations extrêmes. Mais, niveau amusement, c'était en option. A croire qu'ils n'avaient pas les moyens de se marrer. Oui, c'est ça, se marrer, ça devait être réservé aux riches !

Quoiqu'il en soit, ma mère a dû faire un choix. Elle a rencontré mon père, qui était quand même plus drôle que le sien mais n'a pas pu être institutrice. A la place, elle est tombée enceinte de moi. Elle dit qu'elle était contente mais à vingt ans, on est surtout contente d'avoir l'opportunité de vivre autre chose que les coups de ceinturon. Remarquez, comment voulez-vous que ce soit positif...de *Tomber enceinte* ?! On dit *tomber malade* ou *tomber dans les pommes*... ET *tomber enceinte*. Pourquoi pas, *monter enceinte* ou *voler enceinte* ?

Pareil pour *tomber amoureux*. On devrait pourtant se douter qu'il y a un piège, rien que dans l'expression elle-même ! Moi, je suis tombée amoureuse une seule fois. Je pensais que lui aussi mais une fois *tombée* dans ses bras puis dans son lit, il n'est pas *tombé* amoureux, lui! A la place, il s'est envolé...Pffiout, à la vitesse d'un ballon d'anniversaire qui se dégonfle ! Merci le cadeau ! Moi, je lui avais quand même offert ma première fois ! Néanmoins, je ne me suis pas dégonflée et suis allée le trouver dans la cour le lendemain et lui ai filé une gifle devant ses potes, qui l'a carrément fait tomber KO par terre. Une chance que je ne sois pas *tombée enceinte*, il n'aurait plus manqué que ça !

Parfois, j'aimerais être bête, ne pas *autant* comprendre ou sentir ce qui se passe autour de moi. Je pense que je souffrirais moins. Je comprends trop, ressens trop. C'est épuisant. Et puis, en cours, je m'ennuie. Les autres m'ennuient. Trop lents, trop immatures.

Un abruti a lancé son ballon sur ma serviette. Je m'apprête à lui passer le savon de sa vie, celui qui va tellement lui traumatiser les tympans qu'à chaque fois qu'il voudra toucher de nouveau un ballon, il recevra une décharge électrique intérieure en mode réflexe de Pavlov ou SPT : *Syndrome Post Traumatique* ou *Sale Petit Trou du c...* !

Je me relève d'un bond, attrape son fichu ballon, prête à me ruer verbalement sur lui et là... je le vois. Au ralenti. Blond, cheveux mi longs, torse musclé, humide et bronzé. Son sourire large vient achever ce tableau qui m'achève. Je viens d'entrer dans une publicité de parfum pour hommes. A moi le SPT : *Syndrome Post Traumatique* ou *Salive Pas Trop ma poulette, ça va se voir !*

Je lui tends fébrilement la balle. Il me regarde dans les yeux et s'excuse. Je souris. Il me propose de venir jouer avec ses amis et lui au beach-volley. Je n'y ai pas joué depuis mes treize ans mais là, tout de suite, je serais prête à jurer que je suis championne de rock acrobatique pour avoir la chance de me rapprocher physiquement de lui et d'y rester le plus longtemps possible. *Rantanplan*, sors de ce corps !

Je vois ma mère, agitant les bras, dans l'eau, avec ma sœur qui sautille comme une puce de mer autour d'elle. Mon père s'est finalement rapproché du bord et les regarde le menton dans les mains, coudes sur les genoux.

Tout ce tintouin pour finir TOUS au bord... C'est officiel : j'adoOoore ma famille !

Le soleil commence à s'adoucir. Certains secouent leur serviette, d'autres replient les parasols. On remballe nos affaires, mécaniquement. Toute la famille semble détendue, saoulée par ces retrouvailles avec la mer. Je pense déjà à demain. On s'est donné rendez-vous avec Vincent et les autres ici à la même heure. Pour une fois, j'ai le cœur serré en quittant la plage. Tandis que je secoue et replie ma serviette, je continue à suivre des yeux chaque saut, chaque passe, chaque cri de joie de Vincent. Je crois que je suis en train de *tomber*, tant pis. Il vient chaque été. Ses parents ont une maison ici. On pourra donc se retrouver l'an prochain. De toute façon, je n'aurai sans doute pas mis assez d'argent de côté pour me payer le permis. Et puis je travaillerai en juillet, donc quitte à partir en août, autant garder mes sous et partir avec les parents. Et puis ça fera plaisir à Zélie. Elle m'adore !

J'ouvre la fenêtre arrière. Mon père ne râle pas, il a l'air serein pour une fois. Je le vois même poser sa main sur la cuisse de ma mère en souriant du regard. L'option *divorce* recule alors de trois cases d'un coup. Finalement, c'est peut-être mieux comme ça. Ma petite sœur fait comme moi : elle penche sa tête à la fenêtre ouverte, ses cheveux blonds bouclés chatouillant ses joues rosies par l'air marin. C'est vrai qu'elle est belle ! Là, tout de suite, on pourrait croire qu'on est heureux. Comme n'importe quelle famille normale. Comme dans la pub Ricoré. Les gens sont prêts à acheter n'importe quel faux café, pourvu que leur petit déjeuner ressemble un peu plus à une grande tablée dans l'herbe au soleil qu'à une soupe à la grimace. Pathétique.

Les écouteurs au creux de mes oreilles me répètent comme un mantra *cause I'm Happy hihihi*. Pharrell Williams semble être en WIFI avec mon état intérieur... Je souris. Interminablement. Demain, je revois Vincent. Je mettrai mon dos nu kaki qui met mes yeux verts en valeur, dixit maman et dévoile délicatement mon tatouage de papillon entre les omoplates. J'ai vu qu'il avait un *tribal* à la cheville droite. Encore un point commun. Mon cœur sursaute à chaque fois que j'y songe.
— Maman, maman, il est où Zazou ?!

Mon père pile. Les parents se regardent. On dirait deux poissons hors du bocal. Je retire ce que j'ai dit : en cas de force majeure aussi, mes parents savent être en résonance.

Mon père fait un demi-tour à la *Starsky & Hutch*. C'est sa réplique favorite. Il faut reconnaître qu'il sait être drôle parfois...même si là, de suite, ça ne saute pas vraiment aux yeux ! Pendant ce temps, la file de voitures à notre suite a la main coincée sur le klaxon. Je cache les yeux de Zélie et leur offre mon plus beau doigt d'honneur. Ma mère, ultra crédible, sanglote tout en disant :
— Ça va aller les enfants, ça va aller...

Je lui ferais bien le coup du " t'es débile ou quoi, ça va pas aller du tout !! " mais, tout compte fait... non.

Réaction en chaîne : Zélie chiale, je lui caresse les cheveux en tendant le bras par dessus le siège de Zazou. Du coup, je pense à lui, tout seul, en panique, sur sa serviette, bramant à s'en faire péter les veines du front. Ma gorge commence à se nouer d'un cran supplémentaire.
C'est insoutenable. Une voix bourdonne dans ma tête :
— On a oublié le petit frère sur la plage !

Clairement, la *beauf attitude*, c'était l'étape *d'avant*. Là, on est carrément hors catégorie ! Dire qu'on est toujours moitié outrés moitié bidonnés quand on entend ce genre de fait divers au JT. Mais aujourd'hui, le *fait divers*, c'est NOUS et c'est la honte intersidérale ! Pas juste la honte version ado qui veut pas que sa mère le dépose devant le lycée. Non, non. C'est la honte qui ressemble à celle des allemands après la deuxième guerre mondiale et le génocide des juifs. Ou le *comment on a pu faire ça ?!*

Ça y est, on a changé de statut. On est passé de *sérieux* à *grave* puisque ma mère et ma sœur sont à présent en mode *autiste*, se balançant d'avant en arrière pendant que mon père serre et les mâchoires et le volant, à tel point que ses phalanges blanchissent. Absolument TOUT se serre en moi. Ressentir fort : Vous savez mon handicap à moi ? Bon, ben là, on a explosé les records ! Tous les voyants sont allumés, c'est *code rouge* dans tout mon corps ! J'inspire profondément et expire doucement,
longuement. C'est la psy qui me l'a appris. *Penser au positif*. Soudain, l'image de Vincent jouant sur la plage s'invite en gros plan sur mon écran intérieur. Je souris, me réjouissant de ce retour sur la plage qui me donne la chance de l'apercevoir de nouveau, plus tôt que prévu.

Et puis j'entends ma mère et ma sœur renifler. Et je me souviens ! Zazou oublié sous le parasol. Je l'imagine cramoisi... ou pire. Non, ça, personne ne s'en remettrait. Ça ne peut pas arriver. Im-pos-si-ble !

Papa se gare sur une place handicapée. Au diable les principes, *code rouge*, on a dit !

On cavale tous les quatre le long de la digue. Notre équipée a vraiment des allures de *repris de justesse,* même si Zélie serait la plus jeune de toute l'Histoire. D'ailleurs, sera-t-on accusé de complicité elle et moi si jamais Zazou ne s'en remet pas ? Je chasse immédiatement cette idée épouvantable de mon esprit pessimiste. Tout à coup, je me plais à penser que si je courais seule, des escarpins à la main, on pourrait imaginer que je suis en retard à un rendez-vous galant. Bon, c'est sûr que, ma famille au complet (enfin, presque...!) en tongs et bermuda, ça fait forcément beaucoup moins *comédie romantique* !

Je suis la première à descendre les marches qui mènent à la plage. Mon père me rejoint rapidement. Nous cherchons tous les deux notre petit trésor du regard à gauche, à droite, à gauche. Instinctivement, je prends sa main. Je pense que la dernière fois, ce devait être dans le train-fantôme. J'avais peur. J'avais 8 ans.

Mon père s'approche du parasol rose que ma mère a acheté l'été dernier. Elle s'était justifiée:

— Oui, c'est un peu voyant mais, comme ça, on le verra de loin ! (la *positive attitude*, c'est un peu une religion chez ma mère !)

Je confirme, on le voit très bien. Je m'en approche, anxieuse. La serviette éponge bariolée avec des palmiers est vide. Je n'avais pas envisagé cette option : l'enlèvement. Ma mère et ma sœur arrivent à leur tour. Je perçois dans les yeux de maman qu'elle a compris la même chose que moi, toute positive qu'elle puisse être.

Par contre, Zélie, elle, pédale dans le sable.

— Mais maman, il est où, Zazou ?! Il a pas pu partir, il sait pas marcher...ni ramper. Il sait que pleurer !
— Tais-toi, Zélie ! tranche ma mère.

Mon père enchaîne :
— Je vais aller voir le surveillant de baignade, il aura peut-être vu quelque chose, quelqu'un...
— Je viens avec toi, mon amour, lance ma mère, à sa suite.

Ma mère n'a pas dû appeler mon père comme ça depuis... suffisamment de temps pour que je ne sache plus quand !
— Mais Soso, dis-moi, il est où, Zazou ? Il est où, notre petit frère ?!!
— Tout va bien ! Il est là, ton petit frère !

Je lève les yeux. Au ralenti.

On dirait une pub pour l'homme idéal : *vous cherchez un homme beau, spirituel et qui a la fibre paternelle ? Ne cherchez plus ! Appelez le 06...*

Vincent, tout sourire (c'est sa seule option ou quoi ?) avec notre Zazou, tout sourire (Impossible ! Serait-ce contagieux ?!), qui gazouille et babille, rayonnant. Il est donc capable de faire autre chose que pleurer quand il a la bouche vide, ce petit pou ?! Le traître, l'imposteur ! Bon, il a de la chance que je sois au comble de l'extase qu'il soit vivant ET dans les bras de Vincent, l'homme de ma vie, le futur père de mes enfants, sinon je l'aurais bien... Bref ! Quelle journée... Et ce n'est que la première du séjour !

Vincent se racle la gorge car, visiblement, je me suis moi aussi transformée, avec tous ces rebondissements, en poisson éberlué :

— Pour fêter cette bonne nouvelle et se remettre de nos émotions, on pourrait peut-être aller prendre un verre tous les deux, qu'en dis-tu, Sophie ?
— Euh, oui...

Je ressemble à un thermomètre de dessin animé dont la bande rouge monte à vue d'œil !
— J'imagine que c'est le minimum que je puisse faire pour te remercier ! dit-je avec mon plus beau sourire.
— Tu préfères en bord de mer ou en ville?
— Oh, comme tu veux.
— Sinon, on coupe la poire en deux, on peut...

J'ai arrêté de l'écouter. La poire, le café... Je m'en tamponne ! Il pourrait bien me proposer d'aller danser la country à Las Vegas, ça m'irait pareil ! Du moment que je l'ai LUI, *tout entier*.

Je me suis regardée...

Je me suis regardée dans le miroir et j'ai vu cette femme fatiguée, enceinte d'un homme dur et froid et j'ai pleuré. Je me suis regardée pleurer. Comme pour mieux me souvenir. De la douleur, du visage tordu et monstrueux de la douleur. Ma douleur, qui loge en moi. Comme un autre locataire. Plus haut celui-ci. Pas dans le ventre mais dans le plexus ou le coeur. Maladie d'amour. Maladie de haine. Distillée un peu chaque jour pour me sentir plus petite, étriquée dans mon corps, encore toujours sans retour possible dans l'autre moi, l'autre vie, celle où je rayonnais sans me rendre compte que le tic-tac de la bombe était déjà en route et ne tarderait pas à me péter à la face !

Que faire ? Fuir : il me retrouverait et ce serait pire encore. Affronter sa rage, ses cris, ses coups. Décuplés. Appeler au secours ? Qui me croira ? Lui si gentil, courtois, serviable ? Et moi si idiote, discrète et gentille.
— Quel beau petit couple ! avaient dit ses parents le jour de la noce.
— Oui comme un couple de magazine ! avait ajouté ma tante, des étoiles dans les yeux.

Je n'arrivais même plus à croire que j'avais pu le trouver beau tant la haine déformait ses traits à présent. Quant à ma beauté, elle s'était écoulée comme l'eau dans le bain dont on ouvre la bonde, pfiout ! Bye bye ! Maintenant devant ce miroir, c'était un visage éteint, abimé, vieilli par la peur , l'angoisse et le désespoir.

Quand je me suis regardée ce matin dans le miroir, j'ai su.

J'ai su que j'allais bientôt mourir. Inexorablement.

Pour toujours.

Ce qui m'a frappé en premier, c'est sa nuque. Pas sa poitrine, ses fesses ni même ses jambes, non. Sa nuque. Sa nuque et ces quelques boucles blondes échappées de son chignon qui se tordaient sensuellement juste dans ce petit creux de l'enfance, cambrure charmante et éphémère qui s'efface avec l'âge de raison, excepté chez cette jeune fille.

Raisonnable, Thérèse ne l'était pour ainsi dire jamais. Elle avait d'ailleurs cette manière si délicieuse de rire avec éclat, partout. C'était presque une atteinte à la pudeur, tant il venait des profondeurs de l'être, de l'intime, pareil à celui après l'amour.

L'amour avec Thérèse fut longtemps clandestin. Ses parents ne me connaissaient pas mais répugnaient à me rencontrer, espérant de ce fait, annuler mon existence dans celle de leur unique fille chérie.

Peine perdue. Dès lors, il devint encore plus savoureux de s'aimer. Tels les amants maudits de Vérone, nous nous retrouvions à chaque fois que cela nous était possible. Nous nous dévorions alors sur des lits de mousse dans la forêt, dans les salles obscures des cinémas ou à l'arrière du pick-up de mon oncle, les étoiles veillant sur notre précieuse union.

La première fois que j'ai l'ai vue, c'était le 14 juillet 1936. Elle n'avait alors que dix-huit ans et moi, vingt tout juste. C'était pour elle le dernier été avant son départ pour l'université. Pour moi, c'était déjà le troisième où je travaillais comme bûcheron avec mon oncle Joseph.

Le 14 juillet était pour nous jour de fête, parce que férié. J'ignorais encore que ce jour de l'année demeurerait pour nous un grand jour de célébration.

Mais, pour l'heure, mon collègue Jean m'avait proposé de l'accompagner au bal. Il devait y retrouver Aline à qui il avait déjà promis le ciel et la voie lactée depuis l'été dernier.

Bien que détestant ce genre de manifestation, j'acceptais de me joindre à eux. Après tout, rien ne m'obligeait à danser - j'étais piètre danseur - ou à faire la conversation.

En outre, j'aimais volontiers observer les couples de danseurs.

Essayer de percevoir l'intensité de leur attachement, leurs corps dont chaque geste trahissait l'impatiente ardeur.

En l'occurrence, j'étais précisément absorbé par cette activité-ci quand je la vis. Elle. Elle et sa nuque. Elle se tenait de dos, en bord de piste. Dans une posture nonchalante mais maintenue. Je dirais, faussement décontractée, à bien y réfléchir.

Le reste du tableau ne fit qu'accentuer mon émoi : ses épaules rondes, ses bras dénudés, ses attaches fines, ses doigts graciles, les contours finement dessinés de son profil. Et cette façon particulière de tenir sa cigarette, à distance du visage. Je trouvais pourtant d'ordinaire vulgaires ces filles qui fumaient ostensiblement, crachant leur fumée de Gauloise à la face de l'ordre établi. Par ailleurs, sa robe portefeuille blanche à coquelicots laissait deviner par intermittence de longues cuisses vigoureuses mais douces et soulignait habilement sa taille et sa silhouette élancée.

Elle portait des escarpins noirs vernis à brides qui lui donnaient des airs de poupée sage, tranchant nettement avec la désinvolture de son attitude.

Evidemment, Thérèse et ses volutes de fumée me conquirent immédiatement.

Poussé dans le dos par je ne sais quel ami imaginaire, oubliant ma timidité, j'avançais, toutes résistances dehors, droit sur elle. Urgences du corps à se rapprocher, à sentir son odeur et goûter son regard.

Par chance, je constatais qu'elle connaissait bien Aline puisqu'elles riaient ensemble. Ensemble et seules. Une bulle invisible semblait délimiter leur territoire tandis que plusieurs hommes autour les couvaient des yeux avec gourmandise.

Cependant, je me risquais à profaner cet espace :
— Bonjour Aline... Je suis Jules... Un collègue de Jean.

J'aperçus ce dernier, accoudé au bar, de l'autre côté de la piste, attendant sans doute son tour pour commander des bières pour ces demoiselles.
— Ah oui, Jules ! Bien sûr ! Jean m'a tellement parlé de toi ! Enchantée de faire enfin ta connaissance !

Je crois qu'elle surprit mon regard appuyé vers son amie car elle enchaîna :
— Jules, je te présente mon amie parisienne Thérèse. Thérèse, je te présente Jules. Il travaille avec Jean comme bûcheron. Il m'a dit que tu lui avais sauvé la vie la semaine dernière ?! Il a bien failli y rester avec ce châtaignier qui

est tombé du mauvais côté ! Mon Dieu, je n'ose imaginer si tu n'avais pas été là !
— Oui, enfin, il aurait fait la même chose à ma place... dis-je, un peu gêné qu'on me présente en héros local.
— Oui, enfin, quand même, quelle bravoure ! Bon, je vais voir ce que fait Jean ! Il n'en finit pas de revenir avec nos bières... Il a peut-être besoin d'aide ? Je lui dis de t'en commander une aussi, Jules ?
— Oui, volontiers, Aline. Merci.

A ce moment précis, je n'aurais su dire quel sentiment était le plus prégnant de l'excitation ou de la terreur, de me retrouver seul avec Elle.

Je découvris à cette occasion, outre ses grands yeux bleus, son sourire généreux et sincère. Cadeau merveilleux qu'elle m'offrit sans détour et qui finit de m'épingler le coeur pour de bon. Le temps s'étira un moment. Un moment magnifique. Inoubliable.
— Alors, les amis, vous êtes bien silencieux ! Je te connais plus bavarde d'habitude, Thérèse !
— C'est que la musique est si forte... justifia-t-elle.
— Et puis, Jean a dû te dire, Aline, que parler n'est pas mon fort... complétais-je.
— Thérèse t'a dit qu'elle allait commencer des études d'infirmière à la rentrée prochaine ?
— Euh... non.
— Eh oui, elle veut sauver la veuve et l'opprimée !
— Arrête... Aline !
— C'est vrai, tu es la femme la plus féministe que j'aie jamais vue !
— Aline, tu es d'une famille italienne, alors pour toi, rien d'étonnant à ce que n'importe qui en France soit

féministe, comparé à ta famille de machos ! rétorqua Thérèse, malicieuse.

Nous partîmes tous les quatre d'un rire impétueux. De ceux que seuls les jeunes gens insouciants peuvent connaître.

Thérèse et moi riions tout le temps. De tout. Hormis de l'attitude de ses parents. C'était même souvent une cause de discorde entre nous. La seule, à vrai dire.
— Mais enfin, *Mon Amour*, on ne va pas se cacher toute notre vie de tes parents ! Si tu les aimes, tu ne peux continuer à leur mentir et demander sans cesse à Aline de te couvrir.
— Jules, je veux pouvoir vivre notre amour. Tu comprends ? Et ça, ils ne le veulent pas ! Dans ce cas, que me reste-t-il comme autre option, à part le mensonge ? Et mon père qui a trompé ma mère sans jamais le lui avouer, c'est pas du mensonge, peut-être ?! Mes parents sont lâches et hypocrites. Je les déteste ! Et j'ai l'impression que tu es de leur coté, que tu ne cesses de les défendre alors qu'ils te rejettent injustement, sans même prendre la peine de te connaître ! Tu devrais les haïr !
— *Mon Amour*, je ne les hais pas car ça ne servirait à rien sauf à me sentir encore plus mal. Et aussi parce que je t'aime et que je ne peux certainement pas haïr ceux qui t'ont mise au monde ! Et puis, il faut leur laisser du temps... Ils veulent le meilleur pour toi et pensent qu'un bûcheron n'est pas le gendre idéal, c'est tout.

Je lui souriais, plantant mes yeux dans les siens. Elle finit par soupirer et se blottir contre ma poitrine. Gagné.

— Vous arrivez toujours à vos fins, Monsieur Jules Mercier ! Si je n'étais pas follement amoureuse de vous, je

vous giflerais pour votre arrogance !
— Vous n'oseriez pas, Madame Mercier !

Elle se hissait alors jusqu'à ma bouche, je prenais son petit visage entre mes mains et nous replongions dans nos étreintes d'amants, insatiables et comblés.

Je me souviens m'être dit à l'époque que jamais je ne me lasserai de lui faire l'amour. Il se trouve que j'avais raison. Même au coeur de la fatigue, même après une longue garde ou un chantier colossal. Malgré nos peaux parcheminées et nos gestes moins alertes, le plaisir subsista. Intact.

L'été 1936 s'acheva et nous nous promîmes de nous écrire en attendant que je puisse la rejoindre à la capitale et que nous puissions emménager ensemble dans notre nid d'amour. Sa tante lui cédait le temps de ses études une chambre de bonne, rue des Pyrénées, à deux pas des Buttes Chaumont. Nous imaginions déjà nos dimanches ensoleillés à nourrir les canards et lézarder dans l'herbe du parc. Elle, me faisant la lecture et moi, entortillant ses mèches autour de mes gros doigts fatigués.

J'avais une allure plutôt mince mais le travail manuel avait forgé mes mains. Il est vrai que, chaque jour, je me battais contre des arbres bicentenaires qui ne me laissaient guère le droit ni à l'erreur ni au doute. Aussi, je devais pouvoir compter sur la puissance de mes pinces pour maintenir fermement la tronçonneuse le temps nécessaire afin d'accompagner l'arbre jusqu'à sa chute au sol. Comme on allonge délicatement son amante sur sa couche.

J'aime à croire que j'ai été un amant attentif. Nous avons été si heureux dans cette petite chambre de poupée. Nous y eûmes notre premier enfant, Adam. Sa mère s'entêtant à poursuivre sa dernière année d'études parallèlement à sa grossesse quand n'importe quelle jeune femme de l'époque aurait saisi l'opportunité de se proclamer *mère au foyer* à plein temps, et fière de l'être.

Ma femme voulait aider, oui. *Sauver les gens*, comme disait ironiquement Aline au temps béni de notre rencontre.

En effet, elle les sauvait. Non pas tant par les actes médicaux administrés que par la chaleur humaine qu'elle leur procurait, infiniment. Une place au coin du feu de son coeur, un refuge pour les oubliés du bonheur, pour les estropiés de l'amour.

Et ses bras, jamais fatigués d'étreindre. Tantôt le fils malade, tantôt la fille éconduite ou les amis perdus dans la tourmente de cette vie. Elle a souvent été le phare qui guide, la voix qui berce, la main sur l'épaule qui redonne confiance.

Elle a naturellement transmis cet instinct à nos enfants qui ont fait respectivement médecin et vétérinaire. Adam ayant toujours préféré la compagnie des bêtes à poils et à plumes que celle des bipèdes, nous ne fûmes pas surpris lorsqu'il vint nous annoncer officiellement son choix. Claire, sa future épouse, réussit toutefois à l'apprivoiser par canidé interposé.

En effet, ils se rencontrèrent, à l'instar des personnages des *101 Dalmatiens*, dans un parc de Londres, tandis qu'ils se promenaient avec chacun leur petit trésor en bout de laisse. Adam n'a pas eu d'enfant, pas pu. Ils ont actuellement deux Border Colley mâle et femelle et un Labrador, femelle, je crois.

Hélène, sa soeur aînée, quant à elle, a toujours été à l'aise avec les Hommes, les humains. Et, à dire vrai, aussi avec les hommes avec un petit H. Ce qui nous valut d'ailleurs un sacré défilé à la maison de Suresnes. Défilé que sa mère regardait, médusée. Avec cette moue singulière qui la résume si bien, assortie à la ride du lion qui se montrait dès qu'elle croyait qu'on se moquait d'elle. C'était là sans conteste son *identité expressive.*

Tout le monde ne rencontre pas forcément son grand Amour au sortir de l'adolescence, comme nous. Et puis, pour sa défense, la médecine fut la seule véritable passion de ma fille durant ses interminables années d'études. Il faut croire que Jake, à l'époque, a su se démarquer de ses concurrents puisqu'ils sont aujourd'hui mariés depuis vingt ans et ont trois merveilleux fils qui ont eu à leur tour chacun deux enfants.

Mon épouse adore par dessus tout avoir tout son petit monde autour d'elle. Son bijou à elle. Son collier de perles, comme elle aime à le répéter. Une perle pour chacun de nos moments de bonheur. Une perle pour chaque enfant, petit-enfant, arrière-petit-enfant. Elle qui a souvent prétendu être l'arbre le long duquel nos enfants ont poussé. Ils étaient sans cesse dans ses jambes. Enrubannés. Elle pestait, pour la forme, mais elle adorait ça. Elle adore la glycine. J'en ai planté à la naissance d'Hélène, à sa demande. Elle reste splendide. Je cède constamment à tous ses caprices. Des caprices raisonnables. A l'exception de celui de ne jamais renouer avec ses parents. Inflexible jusqu'à leur décès. Etant fille unique, elle décida de tout vendre, de léguer l'argent à nos enfants et le mobilier aux bonnes oeuvres. Histoire classée, oubliée.

Désormais, *ma Thérèse* est elle-même ma petite glycine. Bien que ses mains soient toutes tordues par la vie, elle s'accroche. Elle conserve sa silhouette gracieuse et sa distinction naturelle, héritage de son rang social, possiblement.

Aujourd'hui, c'est son anniversaire. J'ai passé les trois quarts de ma vie à ses côtés. Certes, il y eut quelques orages mais, je peux bien l'avouer maintenant, c'était souvent moi qui pliais.

J'admirais sa façon charmante d'être féministe sans pour autant vouloir soumettre les hommes au matriarcat, contrairement à bon nombre de ses collègues militantes et vociférantes.

Alors, oui, j'abdiquais. Je lui devais bien ça. Certes, elle n'aurait renoncé pour rien au monde à sa carrière mais, " pour moi ", elle avait tourné le dos et les talons à ses parents, ses origines aristocratiques et à une vie bien plus confortable que celle que je ne pourrai jamais lui offrir, moi, le petit apprenti bûcheron du bas de l'échelle.

Néanmoins, nous la montâmes ensemble, barreau après barreau, vers un autre monde que le sien, un monde où notre amour nous suffisait. Où nos amis riaient tout aussi fort que nous et étaient tout aussi vindicatifs que ma douce aimée.

J'ai le souvenir délectable de ces soirées où des débats animés avaient cours. Brandissant son ventre de Madone, elle se fâchait rouge contre telle ou telle injustice, désobéissant à l'unisson à la bienséance et aux recommandations du Dr Dumas, alias Fredo, son plus vieil ami. Thérèse garder son calme ? Autant demander à un chat d'aboyer !

Ma bien-aimée aboyait régulièrement mais ne mordait jamais.

Elle se plaisait à expliquer :
— Dans la vie, c'est comme aux échecs, je suis nulle pour attaquer ! En revanche, je me défends et ne capitule jamais !

Ma Thérèse... Nos enfants viennent la voir tous les jours. Inlassablement. Agrippés à leur ancre, petites algues effilochées dansant à la surface de la vie.

Adam ne reste pas longtemps. Il a toujours été le plus sensible. Comme son vieux père. Il a bien vite les yeux embués et sa mère ne comprend pas.
— Pourquoi pleure-t-il ? s'inquiète-t-elle.
— Ce n'est rien *Mon Amour,* c'est l'émotion, la joie de te voir...

Mon aînée est devenue le nouveau chêne de la famille. J'imagine qu'elle craque elle aussi, sur le chemin du retour, confinée dans la solitude de sa BMW.

Il y a peu, ma petite femme me faisait encore sa recette de Tatin les yeux fermés, m'embrassait en riant comme une gamine et me chuchotait au creux de l'oreille des *Mon Jules* espiègles. L'an passé, pour ses quatre-vingt-cinq printemps, joue contre joue, tournant tendrement sur l'épais tapis du salon, nous fredonnions encore notre chanson, *Cheek to Cheek.* Celle-là même qui avait scellé notre union ce 14 juillet 1936, écrasant de concert ma bouche contre la sienne et mes pieds sur ses jolis escarpins.

Ma Thérèse, aujourd'hui, je me souviens. Aujourd'hui, on fête ton anniversaire. Tout le monde sera là pour l'occasion. Cette perspective me réjouit.

Au fond, presque rien n'a changé. C'est vrai, je l'aime comme au premier instant, fougueux et inconscient que j'étais. Inconscient de ce que la vie avait prévu.

Je frappe de l'index deux petits coups à la porte pour ne pas la surprendre. J'entre lentement dans sa chambre. C'est elle qui en a choisi les teintes jaune pâle et les meubles en bois couleur miel. Elle a toujours eu des goûts brillants en matière de décoration. Elle avait les idées et moi le savoir-faire. On a fait une bonne équipe. Presque soixante-dix années d'une alliance infaillible.

La lumière blanche matinale est douce et crée un halo autour d'elle. Elle sourit, les yeux clos. Soudain, elle me fait l'effet d'un ange. Cette image me fait monter les larmes, le nez me pique. Elle ouvre les paupières, j'enfile mon sourire avant qu'elle ne découvre ma présence et m'interroge sur la cause de mon émoi.
— Bonjour *Mon Amour*. Joyeux anniversaire !
— Bonjour. C'est donc mon anniversaire aujourd'hui ?
— Oui, *Ma Thérèse,* tu as 86 ans. Je n'ai pas vu le temps passer ! Et... bonne nouvelle, les enfants vont venir pour déjeuner avec nous.
— Les enfants ?
— Oui, Adam et Hélène. Tu as bien dormi, mon ange ?

— Euh Oui...mais... qui êtes-vous ? Vous travaillez ici, peut-être ?

Soudain, Thérèse fait sa moue avec la ride de la lionne qui se prépare à se défendre, comme aux échecs. Il faudra peut-être appeler l'aide soignante, comme la dernière fois.

Aujourd'hui, *Ma Thérèse* a 86 ans. Je me souviens. Je me souviens de tout. Absolument tout.

Je me souviens de tout, *Mon Amour,* et surtout, je me souviens que tu as tout oublié. Tout.

Pour toujours.

Et moi, *Ton Jules*, je t'aime, au delà de ça, plus grand, tellement... Pour toujours.

Esprit(s) de Noël

Joyeux Noël !

Connaissez-vous la véritable origine de *l'Esprit de Noël ?*

Rien à voir avec la joie, les cadeaux ou le pain d'épices... Non !

L'esprit de Noël fait référence à celui qui hante les maisons, exclusivement la nuit de Noël.

Vous savez, ce chant soufflant qui siffle en hiver et s'engouffre parfois dans l'âtre ? Vous pensez que c'est juste le vent, n'est-ce-pas ? Non, c'est lui, qui rôde.

Et vous savez quoi ? Si vous n'êtes pas sages, le père Noël viendra quand même avec des cadeaux mais, l'Esprit de Noël, lui, ne vous fera pas de cadeau...!

Allez, les enfants, bonne nuit et... Joyeux Noël !

Bonjour le cadeau !

Mon frère n'a pas eu de bol. Il est né le 25 décembre. Du coup, chaque année, Jésus et Papa Noël lui piquent, depuis et pour toujours, la vedette.

Evidemment, comme si ça ne suffisait pas, mes parents - originaux - l'ont prénommé Noël, avec tous les quolibets qui iraient avec.

L'an dernier, C'est mon frère qui a trouvé un cadeau original à leur offrir: il s'est suicidé.

Evidemment, comme lui aussi avait de l'humour, il a fait ça le 25 décembre afin de s'assurer qu'ils passent, chaque année, un Noël bien bien pourri. Comme une résilience post-mortem, en quelque sorte.

La bûche

Noël. Tout se passait comme d'habitude: huîtres, foie gras et dinde farcie.

C'est à la bûche que ça s'est passé.

Mon père a, comme chaque année, fait sa blague lourdingue sur la bûche de ma mère en gloussant tout seul la bouche pleine. Normalement, elle demandait alors si nous voulions du café sans sourciller. Là, elle s'est levée, tenant encore le couteau qui avait découpé la bûche. Elle s'est dirigée vers papa et lui a froidement enfoncé la lame dans la poitrine. Elle a respiré en souriant :

— Je prendrais bien un p'tit café avec ma part de bûche, pas vous, les enfants ?

J'ai toujours rêvé

J'ai toujours rêvé de vivre une histoire romantique.

J'imagine, à chaque fois que je prends le train, qu'un homme va s'asseoir à côté ou face à moi et qu'au premier regard, je saurais.

A chaque rentrée scolaire, je guette les papas seuls, leur annulaire disponible et les imagine en papa poule qui jongle entre la cuisine et les devoirs puis part se coucher après avoir recouvert ses petites têtes blondes pour qu'elles n'éternuent pas la nuit. J'ai envie d'un homme fort qui assure et doux qui rassure.

J'ai toujours rêvé de cet homme. J'essaie de le rencontrer dans le regard des hommes aux terrasses des cafés quand je leur donne rendez-vous. Ils me sortent leur CV avec photos de leurs dernières vacances à l'appui; les mêmes que sur leur profil Facebook. Ils essaient d'être drôles ET intellectuels mais ça ne colle jamais au poste à pourvoir... Pathétiques.

J'ai toujours rêvé de vivre cette vie. Quand j'entends une femme dire au moment de raccrocher:
— Moi aussi, mon Amour ! J'ai hâte !

Je me dis que c'est beau de continuer à se dire ces petits mots après plusieurs années de vie commune. Puis son deuxième coup de fil un peu sec anéantit mes fantasmes :
— Oui, c'est moi. Tu as pensé à prendre un goûter pour Jeanne ? Oui, oui, c'est moi qui irai la chercher à la danse. Ok, à ce soir.

J'imagine alors que cette femme a choisi de vivre deux vies pour que l'une la satisfasse en tant que femme et l'autre en tant que mère.

J'ai toujours rêvé d'avoir une vie. Une vie à raconter. Un métier trépidant, avec beaucoup de responsabilités. Ou alors un métier marginal ou un métier vocation, du genre correctrice pour une grande maison d'édition ou encore traductrice en langue des signes ou équithérapeute avec les handicapés. J'aimerais vivre ce moment où tu dis ce que tu fais dans la vie et où tu entends en face un silence qui dit *Waaaaaw* !

J'ai toujours rêvé d'être intelligente. D'avoir un avis sur tout, comme les animateurs à la radio. De citer un livre que seuls les gens cultivés ont lu et compris. Pouvoir participer à tous les débats. Défendre la veuve et la catin si ça me chante ! Pouvoir parler douze langues étrangères *comme qui rigole* avec ce détachement qu'ont ces femmes pour qui tout est facile : que ce soit de marcher avec des talons, d'avoir la bonne réplique ou de réussir une île flottante du premier coup.

Moi, mes îles flottantes sont des îles qui coulent. Mes mecs sont de passage et je ne reste pas assez longtemps avec eux pour figurer sur leurs photos de vacances. Mon métier est chiant à en pleurer d'ennui, à tel point que je mens à chaque soirée en m'inventant un nouveau métier pour épargner cet ennui à mes interlocuteurs. J'ai autant de conversation qu'une huître dépressive et d'humour qu'un réfugié politique à la frontière.

J'ai toujours rêvé d'être quelqu'un d'autre mais je suis moi. Et c'est pour ça que j'ai envie de mourir. Mais même ça, je sais pertinemment que je me louperais. Je paierais bien quelqu'un pour le faire, genre tueur à gages spécialisé dans le suicide. Genre il me tue et fait passer ça pour un suicide, comme ça personne ne saura jamais que, même ça, je n'ai pas réussi à m'en dépêtrer toute seule !

J'ai toujours rêvé. C'est peut-être pour ça que ma vie réelle n'a pas avancé. J'aurais rêvé d'être une artiste pour être payée à faire rêver les autres. Au lieu de ça, je suis assise sur un banc et regarde béatement les autres faire, dire, parler, rire, être. Sans y avoir accès. Comme une vitre autour de moi. Alors, oui, pour sûr, je suis une très bonne spectatrice : J'applaudis, je m'émeus, je sursaute et me crispe sur mon siège ! Pro-cu-ra-ti-on.

J'ai toujours rêvé d'être comme ma soeur : belle, souriante, drôle, attachante.

Ma soeur est morte. Elle ne peut plus rêver ou être. Mais elle continue à m'empêcher. Je ne peux pas être elle, même si elle n'est plus. Alors, je reste moche, creuse et fade. Alors je fais semblant d'être vivante pour ne pas tuer mes parents de chagrin tout en mourant de dedans.

Comme certains fruits qui semblent intacts de l'extérieur et dès qu'on les touche, s'effondrent.

Personne ne me touche. Même quand je fais l'amour avec un homme, il y a toujours cette vitre. Pourtant, sa bouche touche ma bouche, son sexe touche mon sexe, ses mains contre mes seins mais son corps ne me touche pas, ça ne dépasse pas la première couche.

Moi, je suis loin à l'intérieur. Inaccessible. Retranchée dans ma grotte de vieille moche qui ne veut pas être dérangée, qui ne veut pas vraiment exister ou ressentir. Comme ces asthmatiques qui respirent qu'à demi de peur de sentir cette morsure dans le thorax si l'inspiration est trop profonde.

J'ai toujours rêvé et ma mère n'avait de cesse de me le reprocher :
— Toujours dans la lune, disait-elle. Arrête de rêver si tu veux qu'il t'arrive *vraiment* quelque chose !!

J'ai toujours rêvé et aujourd'hui, je me réveille. Ce n'était qu'un rêve. Je me souviens. Je m'appelle Esther. J'ai vingt-et-un ans. Je comprends que j'étais dans le coma.

Que j'ai rêvé. Pendant très longtemps. Trop.

A présent, je vais pouvoir arrêter de rêver ma vie et la vivre.

Fuir le bonheur

Ça date pas d'hier, cette petite mascarade. Ça a commencé à la maternelle. Quand ma mère m'a dit :
— Tu vas voir, ma chérie, on sera plus heureuses comme ça.
A l'époque, je n'avais pas tous les mots. Quoiqu'il en soit, même aujourd'hui, je me demande encore où se plaçait le bonheur pour elle ? Elle disait que c'était ça le bonheur : habiter dans une barre HLM, avec du papier déchiré aux murs et les larmes au bord des yeux du soir au matin. Déjà, ça aurait pu me mettre la puce à l'oreille. Mais vous savez comment sont les gosses, à gober bêtement ce que disent les adultes, surtout si ces derniers sont leurs parents, ces demi-dieux.
Elle qui avait quitté un homme – mon père - pour trouver, soit disant *son Bonheur* ailleurs. J'aurais dû me méfier quand elle me l'a présenté :
— Voilà Jacques, ton beau-père, ma puce. Il est beau, n'est-ce-pas ?
J'ai eu la vague impression qu'elle voulait savoir si je trouvais que Ken allait bien avec Barbie. J'ai pas tout saisi. J'ai voulu lui faire plaisir, alors j'ai dit la phrase qui marchait à tous les coups avec elle :
— Oui. Très beau, maman.
Seulement, assez vite, il s'est avéré que le Ken de ma mère, mon *beau-père*, beau dehors était tout à fait moche dedans. Et ce moche a commencé à me trouver à son goût du soir au matin. Du coup, je n'avais plus le goût de jouer à Barbie et Ken. Le manque de sommeil, sans doute. Et puis, cette histoire de bonheur qui finit bien, je commençais sérieusement à en douter. Je me disais que ma mère avait peut-être pris la notice du bonheur à l'envers. Ou que c'était écrit dans une autre langue à l'origine et mal traduit.

Pourtant, ma mère, elle, continuait à montrer les cadeaux que mon beau-père lui offrait. Fièrement. A ses copines. Elles ne savaient évidemment pas comment ma mère les avait eus. Elles poussaient des grands cris avec des *Ah* et des *Oh* aux allures de fête foraine, sans savoir que toutes ces fanfreluches hors de prix, c'était pour mieux étouffer le malheur. Celui qui nous tombait dessus quand il rentrait un peu – euphémisme pour amortir la chute - éméché et , je cite, *n'était plus vraiment lui-même*. Pratique comme concept... Du genre :

— C'était pas moi, chérie, hier soir ... C'est la faute à mon clone maléfique !

Moi, je ne voulais plus de ses cadeaux. Je commençais déjà à ne plus vouloir confondre le bonheur et le malheur. Huile et vinaigre, sel et sucre. A force de les ranger ensemble, on ne s'y retrouverait plus. J'avais treize ans et je fermais désormais ma porte à clé le soir. Il n'aimait pas ça. Je le savais. Du coup, il jouait avec ma mère à *Ken-le-maléfique & Barbie tout-est-de-ma-faute,* pour se venger. Barbie se maquillait beaucoup. Souvent trop. De la poudre aux yeux, de chez Dior, s'il vous plaît. Elle en était fière. Ses amies lui disaient, bavant de jalousie dans leur tasse à café Nespresso:

— Wahhh ! T'en as de la chance, c'est pas le mien qui m'achèterait du Dior !

Parfois, je crois qu'on raconte des histoires aux autres en espérant qu'elles deviennent réalité. Le regard des autres. S'y accrocher. Y croire, alimenter le mythe. Plutôt crever que d'avouer le véritable prix à payer pour le grand tralala de luxe. Paradoxalement, l'amour-propre, plutôt crade selon moi, de ma mère l'a perdue. Cette chienne de vie, quel humour !

Au lycée, je me suis résignée à abandonner ma mère. *Skipper-maso* ? Très peu pour moi !

Beau-papa était devenu vraiment trop trop moche du dedans. A la longue, la crise d'ado aidant, je risquais de ne plus me contrôler moi non plus et je n'avais aucune envie de rencontrer mon clone maléfique ! Je savais bien que les chiens ne miaulaient pas et qu'au bout d'un moment, je finirais proie ou prédateur. J'ai choisi la troisième option : je suis partie à l'internat. Pour ne plus jamais revenir. Sauf à Noël et à la fête des mères. Elle était tellement heureuse, ces jours-là. On se maquillait ensemble, en Dior, cela va de soi. Pour elle, toujours pour camoufler l'empreinte du désespoir. Pour moi, comme une vengeance tacite. Provocation. Il ne pouvait rien faire car ces jours-là, ma grand-mère était là aussi.

Tiraillée entre la loyauté maternelle et paternelle, j'ai passé mon enfance et ma vie à voguer de l'être au paraître comme la vague qui lèche la plage et repart, repue. J'allais me nourrir du côté du père, sauvage mangeant avec les doigts, sur l'île de l'Être puis repartait dans la toile maternelle, vaste monde, hostile et sournois, du Paraître. Toujours à maîtriser mes gestes, mes paroles, ma posture. Apnée permanente de jolie poupée docile. Sans quoi, *l'autre*, riche et distingué, me ficherait une dérouillée - je cite - histoire de me remettre dans le droit chemin.

— Elle est trop gâtée par son père, cette gosse. Je ne vais pas me laisser bouffer la laine sur le dos, moi !

— Tu as raison, Jacques. Heureusement que tu es là, mon chéri. J'ai tellement de chance que tu t'occupes si bien de nous.

— Au moins une qui sait le reconnaître, ici ! Pas comme cette petite ingrate !

Après, j'ai quand même écouté mon *moche-père* et fait des études. Il me les a payées. Je me suis toujours demandée si c'était pour acheter mon silence ou soulager sa conscience ou les deux .

Il m'a payé une école de commerce. Carrément ! Ma mère était fière de dire que son Jacques s'occupait de sa fille à elle comme si c'était la sienne à lui et d'ajouter :
— Ils étaient encore plus proches avant, quand elle était petite. Il se levait la nuit quand elle faisait des cauchemars. Quelle chance j'ai de l'avoir rencontré, disait-elle, attendrie, pendant qu'il ronflait, mains croisées sur le ventre, dans le canapé après le dessert.
Ma mère s'est tellement raconté d'histoires de bonheur qui n'en étaient pas. Ne se rendait-elle vraiment pas compte que c'était faux ? Quand il est mort, l'autre porc, d'un cancer ; elle a pleuré comme si elle enterrait un Saint. Son oraison funèbre était à vomir. Eh oui, j'y étais...

Ensuite, dans la vie active, on m'avait promis que je serais heureuse avec mon salaire de cadre et le niveau de vie qui va avec. Que je pourrais voyager, avoir tous les mecs à mes pieds, ne dépendant de personne, je serais libre. Le bonheur, quoi !
Que nenni ! Je bossais soixante heures semaine, prenais un somnifère pour m'écrouler dans le sommeil. Un sommeil agité de cauchemars. Le matin, je prenais d'autres cachetons pour rester éveillée et gérer la pression inhérente à mes responsabilités. Le meilleur pour moi, aux yeux de ma mère. Sachant que, selon elle, le pire fut cette époque où j'étais encore avec mes deux parents. Mon père me poussant sur la balançoire et ma mère riant aux éclats. Pour elle, c'était ce qu'il fallait fuir. A n'importe quel prix. *Fuir le bonheur de peur qu'il ne se sauve ?*
Quand je lui demandais pourquoi elle avait quitté papa, elle disait juste :
— Tu ne peux pas comprendre !
En grandissant, elle a finalement ajouté:
— En fait, j'étais heureuse et je ne le savais pas. Je pensais que le bonheur, c'était quelque chose de plus

compliqué à obtenir. Alors que c'est après que c'est devenu compliqué.

Elle pleurait en silence. Jamais elle n'aurait avoué à voix haute qu'elle avait aimé un beau monstre ensuite. Jamais elle n'aurait confessé qu'elle savait que les cauchemars la nuit, je les vivais dans la vie réelle et que j'aurais tout donné pour m'enfuir dans mes rêves et retrouver les bras de mon papa.
Il était moins beau de l'extérieur, lui. Un peu pataud, pas très instruit mais il avait des paillettes dans les yeux et m'inventait des histoires, qui finissaient toujours bien, tout exprès pour moi.
Je continuais à le voir un week-end sur deux. A l'époque, ça ne se faisait pas, la garde alternée. Les juges pensaient que les papas rendaient les enfants moins heureux; que les mamans savaient mieux ce qui était bon pour leurs enfants. Il faut le savoir, parfois, les juges se trompent. Même si eux non plus ne l'avoueront jamais. Quand j'ai porté plainte contre mon patron pour tentative de viol, le juge s'est trompé. J'avais tellement l'air de savoir me défendre qu'il ne m'a pas crue. J'ai crevé les pneus de son 4x4 et j'ai démissionné. Pot de terre, pot de fer.
J'ai eu plusieurs hommes. Jamais concluant. Souvent mariés. Pour être libre. Ensuite, je suis restée trois ans avec François, *l'homme idéal* qui m'a mangé le cerveau. Une bouchée pour maman. Elle m'a de tout temps rabâché que *ce qui ne tue pas rend plus forte*. La faute à cette phrase à la con? Je ne sais pas. Toujours est-il que je me répétais souvent :
— *Y'a pas mort d'homme*, alors pourquoi s'affoler ?
J'aurais dû m'affoler, oui. Si j'avais su, pu, vu... Le problème avec le *pervers narcissique*, contrairement à mon *moche-père*, c'est que les coups et blessures ne sont pas physiques. Pas de trace, pas de témoin. Jamais. Sa parole contre la mienne. Même moi, j'en finissais par me

demander si je n'avais pas rêvé certaines scènes, certaines paroles. En public ? LE gendre idéal.
Et ma mère d'en rajouter sans cesse :
— Oh, tu as toujours le don de tout dramatiser, toi ! Je te trouve vraiment ingrate avec lui. Avec tout ce qu'il fait pour toi ! Tu ne travailles plus. Comment ferais-tu sans lui pour t'entretenir, aujourd'hui ? C'est comme avec Jacques, tu disais toujours que je lui trouvais des excuses. Heureusement que j'étais là pour le défendre, le pauvre ! Tu en as toujours eu après les hommes, de toute façon. Tu ne sais vraiment pas voir où est ton bonheur, ma chérie.

J'ai eu le nez fin, malgré tout, puisque je n'ai jamais voulu d'enfant de lui.
— C'est parfait, comme ça, je te garde pour moi tout seul, me disait François, frottant son sexe durci contre mes fesses tandis que je faisais la vaisselle. Tu ne dis rien ? Tu n'as pas envie ? C'est toujours moi qui prend les initiatives ! C'est vraiment *donner de la confiture à des cochons* ! Non mais c'est vrai, regarde-toi ! Tu devrais être contente que j'aie encore envie de toi, malgré tes bourrelets de quadra ! Et regarde-moi cette jupe ? Tu aguiches la Terre entière mais moi, j'ai pas le droit d'être excité, de bander pour ma femme ?! Pff, quelle traînée ! Si ça se trouve, t'as fait ça avec le voisin ? C'est pour ça que t'as plus envie ? Il t'en a tellement balancé partout que maintenant tu veux plus de la mienne, c'est ça ? C'est ÇA ?!! Mais réponds, nom de Dieu !
— Mais non, voyons chéri, qu'est-ce que tu vas imaginer...
Je prenais mon courage à deux mains, il fallait que la première *prise* soit la bonne, pas d'autre choix. Je me tournais vers lui, caressais sa joue tendrement, laissais glisser ma main vers son torse, plantant mon regard dans le sien. J'ouvrais sa braguette, me mettais à genoux en le regardant avec mon air de salope qu'il affectionnait tant.

Je le prenais alors dans ma bouche, jusqu'au fond, essayant comme je le pouvais de masquer les haut-le-cœur derrière de petits gémissements réguliers.

Décidément, ma mère avait raison, je ne savais pas reconnaître le bonheur quand il se présentait ! J'ai réussi à partir. Grâce à mon père. J'ai fini par être hospitalisée. Enfin, à l'époque, on disait *internée*. Oui, la spécialité du pervers, c'est aussi de faire passer son conjoint pour fou. Je dois reconnaître qu'il m'est arrivé de ne plus bien savoir où était la raison.

Vu de l'extérieur, ça parait probablement limpide. Le vrai, le faux, le bonheur, tout ça... Mais de l'intérieur, c'est un doute, une faille, une béance qui germe au cœur de l'enfance, se creuse, pousse, s'écarte et craquelle, morcelle notre estime sur son passage. Et on ne sait plus. Et si François avait raison ? Si j'étais effectivement vulgaire et bête. Et si j'avais cherché la situation dans laquelle je me retrouvais ?

Un jour, mon père est venu dîner chez nous. Il a perçu la terreur dans mon regard. Il a prétexté une pause cigarette pour qu'on se retrouve tous les deux dehors.

— Fanette, tu ne peux pas rester comme ça.
— Mais papa...
— Voyons, ça va mal finir, je le sens.
— T'inquiète pas, papa, je gère.

Je gère. A tel point qu'un mois après, je me suis retrouvée dans cette maison pour fous. Le bonheur total ! Remarque, avec ce qu'ils nous gavent, on a de quoi planer H24 ici !

Comme à l'aéroport, mon père semble faire un dernier appel avant embarquement :
— Fanette, rassemble tes affaires, je passe te prendre demain à dix heures. J'ai vu avec le psychiatre. Je te ramène à la maison. Chez nous.

— ...
— Fanette ? Tu m'entends ?

Mes oreilles se mirent à bourdonner, mon cœur s'accéléra. La terreur a serré ma poitrine. Mes neurones qui pataugent dans la purée Mousseline. Allez, pas le moment de flancher, ma vieille. C'est maintenant. C'est pas un piège, ce coup-ci. La porte s'ouvre. Embarquement immédiat. Un seul mot. Tout petit mot à dire et on décolle :
— D'accord...

J'ai prononcé ma réponse avec peine, dans un murmure. Une affirmation de soi épuisée, une dernière lueur tapie au fond du trou. Trop peur de ce bonheur qui m'a détruite. Que ce soit encore un piège. Le énième. Ce fut le dernier d'une longue série. De celles dont on finit par douter qu'elles se termineront un jour. Peuplées de chasseurs de zombies qui survivent dans un monde qui ne veut pas mourir. Les ronces de la colère. Persistantes.

Ça me rappelle l'histoire du trou. Celle où, marchant dans la rue, on tombe dedans par inattention. Puis on y tombe une seconde fois alors qu'on sait qu'il est là. On y retombe par habitude. Les fameux sillons déjà creusés. A la fin de l'histoire, le gars ne tombe plus. Il change d'abord de trottoir, puis de rue. J'ai quitté mon père à cause du bonheur fantasmé de ma mère : première chute. Quitté ma mère pour fuir le *moche d'en dedans* : première sortie de trou. Travaillé pour mon bonheur à moi, toute seule. L'attention s'est relâchée : deuxième chute. Démissionné pour fuir les grosses paluches du chef. Il y en avait toujours. Encore et encore : en sortir et s'en sortir. Arrêter de travailler sur les conseils de *mon protecteur*, comme je l'appelais à notre rencontre. Une rencontre d'âmes, il disait, des étoiles dans les yeux . Noël toute l'année. Être enfin à l'abri. Y croire. Retomber. Un autre piège, cette

fois. Mieux déguisé que les précédents. Un prédateur en forme de sauveur. Qui arrange tout, avec sa cape. Puis, distille le venin. Goutte à goutte. Robinet qui fuit. Des soupirs agacés. Des regards réprobateurs. Le virus, la tâche d'encre virale qui s'étale. L'estime de moi qui s'étiole. Je perds mes cheveux, mes trésors, mes ressources. Dépends de lui pour de bon. Tout est contaminé. Reste cette lueur. Infime.
Plus la force. Où suis-je ? Dedans, dehors ?

Les vibrations du véhicule me bercent. François me regarde tendrement, me caresse la joue.
— Tu verras, mon amour. Tu seras bien là-bas. Ils font plein d'activités. Tu vas te requinquer. Par contre, si tu veux guérir, il faudra bien prendre tout ce qu'ils te donnent. Je viendrai te voir. Tous les soirs après le travail. Tout ira bien, fais-moi confiance.
Je réalise que je suis dans cette chambre. Libre et enfermée.
Au bord de *changer de rue*. Ou de trottoir. Qu'en sais-je ?

Mon père souffle sur mes yeux, comme lorsqu'enfant, il chassait les mauvais rêves de ma tête.
— Allez, on souffle dessus, ils vont partir, ma Fanette. C'est juste des mauvais rêves. Tout ira mieux ensuite. Fais-moi confiance.
C'est vrai qu'il était un peu bête, mon père. Candide. *Bonne poire*, comme moi. De cette race de gens qui croient que les autres ne leur feront jamais ce qu'ils n'auraient pas idée de leur faire eux-mêmes. Première erreur de taille, mon papounet. Maman, elle t'a tout fait dans le dos. Et t'avais beau souffler, le mauvais rêve était coriace. Vilaine tâche de vin sur la nappe de mariage. T'as acheté une toile cirée après, plus envie de t'acharner à gratter. Et puis, quitte à être traité de *plouc*...
Tandis que les larmes ne cessent de rouler sur mes joues, je sens la chaleur de son haleine, là où les larmes creusent

leurs sillons, depuis longtemps déjà. Ne pas oublier. Distinguer le malheur du bonheur.

Mon père n'avait pas refait sa vie. Je veux dire, avec une autre femme. Il avait *refait sa vie*, à lui. Sans ma mère. Après son départ, il s'était passionné pour la voile et allait en mer dès que les cieux étaient cléments. C'était ça le bonheur selon lui. Il disait toujours :

— *Personne ne peut diriger le vent*, ma Fanette, *mais on peut toujours apprendre à ajuster ses voiles !*

Être bien avec soi. Apprécier suffisamment sa propre compagnie pour ne pas rechercher à n'importe quel prix la présence d'un autre, de n'importe quel autre. Il m'a appris ça. Ça, et le silence. Il était avare de mots. Le contraire de tous les autres hommes que j'ai connus : discret, fiable, humble, doux. C'était *lui* le bonheur. MON bonheur perdu. Retrouvé. Mon île, mirage redevenu réalité.

Ma mère toujours à le critiquer :
— Pff, ton abruti de père n'est jamais allé au théâtre ni même en voyage à l'étranger. Il n'avait d'yeux que pour ses forêts. C'est un rustre ! Jacques, lui, est un aventurier, un intellectuel. Il est d'une famille aisée, cultivée et distinguée. Il sait profiter de la vie. C'est ça le bonheur ma chérie, profiter et être un battant. Pas comme ton père, toujours à se contenter de ce qu'il a. Aucune ambition. Vivre chichement. Y'a que son bateau. C'est la seule chose qu'il te laissera. Ça et sa vieille baraque en bois, faite de ses pauvres petites mains d'ouvrier besogneux. Quel plouc !

Non, le bonheur n'était pas dans les voyages ou dans le souffle de l'air qui chasse les nuages. Le bonheur n'est pas quelque chose qui se cueille et s'offre comme un bouquet de printemps. Le bonheur n'est pas autour. Le bonheur ne s'offre pas aux autres. Même s'il peut se partager, il se décide en soi, avec soi.

Je suis sortie de l'hôpital le lendemain. Comme promis, mon père est venu me chercher.

Nous avons roulé, FIP Radio nous tenant compagnie. Je souriais à l'idée que mon père écoute cette radio d'intellectuels. J'ai toujours aimé ces voix féminines. Des voix à histoires du soir, à lumière tamisée et étoiles phosphorescentes au plafond. Des voix qui aident à sortir du trou, changer. A y croire, en tout cas.

Mon père m'a dit quelques jours après :
— Maintenant que tu es en sécurité, j'ai quelque chose à te dire.
Trois mois après, j'enterrais mon père. Cancer fulgurant des poumons. Comme l'autre moche. Pas de justice, décidément. Cerise sur mon gâteau, ma chère mère aux obsèques, cramponnée à mon bras comme le lierre à un arbre. Parasite. Ce jour-là, on a bien failli l'enterrer elle aussi, jurant à qui voulait bien l'entendre, qu'elle venait de perdre l'unique, le vrai amour de sa vie. Les amis de mon père ont eu la délicatesse de l'ignorer poliment. Ils ont *changé de rue*. Des gens intelligents. A la toute fin de la cérémonie, j'ai déplié un à un les doigts de ma mère de la manche de mon trench-coat, comme on se dégage des griffes d'un chat, et suis partie sans un regard. C'était elle ou moi.

J'ai changé de pays, traversé l'océan : fuir. Fuir ce bonheur de peur qu'il ne me suive ou me retrouve. Mais on ne m'y reprendra plus. Même déguisé en américain au sourire *Ultra Bright*, même avec les cheveux gominés, le collant moulant et la cape :

Le prochain qui me promet le *bonheur*, je le jure devant ce putain de Dieu, ses anges et le Cosmos : je le BUTE !

Rose & Narcisse

La mémoire olfactive est, selon les spécialistes, la plus ancienne et la plus proche de la zone émotionnelle du cerveau. J'ai toujours eu un odorat très développé, selon ma grand-mère. Elle était Nez. Pas juste *un* nez, non. Il y avait une personne autour de cet appendice. Toutefois, cet organe fut central dans sa vie, *comme le nez au milieu de la figure*, plaisantait mon grand-père. Mamie est, de surcroît, une personne entière et à la présence forte. Tant du point de vue de la corpulence que de la personnalité. Aujourd'hui encore, c'est délicieux, ce corps moelleux et musqué qui m'aspire jusqu'à m'y perdre. Une plongée bouleversante. Tellement plus qu'avec celui de ma mère, diaphane, cagneux, acide.

Elle était créatrice de parfums. La meilleure, aux dires des articles de presse qu'elle consignait précieusement dans ses petits carnets. A son époque, ça s'appelait *Nez*. De ce fait, petite, je croyais qu'un Chef s'appelait *Bouche* et un compositeur de musique s'appelait *Oreille*. A la suite de quoi, mon grand-père fut rebaptisé ainsi dans la famille.

Ma grand-mère composait donc des parfums et s'appelait Rose. Il y a des prénoms prémonitoires. Son hyperosmie l'était tout autant. En revanche, ce que personne n'aurait pu prévoir, c'est qu'elle composerait des parfums *sonores*. En effet, pour trouver le mariage parfait des senteurs, elle fermait les yeux, écoutait le même morceau, en boucle, jusqu'à ce que l'accord de notes olfactives et musicales se superposent et s'imposent aux sens. Tel le réalisateur qui choisirait une musique pour porter son histoire visuelle; elle débusquait les fragrances qui pourraient raconter telle valse ou telle symphonie. Tantôt son histoire sensorielle débutait par une image, un tableau; tantôt par des mots griffonnés à la hâte sur une page de carnet, décrivant une scène, une atmosphère, esquissant même au crayon de temps à autre des silhouettes. Ensuite, elle partageait le fruit de toutes ses rêveries avec mon grand-père, Narcisse, qui composait au piano ce qui représenterait la phase finale de sa création olfactive.

Le velours rouge auréolant les hautes fenêtres de leur appartement lyonnais, donnait à leur laboratoire une dimension mystérieuse. Toute cette pagaille de flacons et de partitions éparpillés sur le couvercle du piano à queue noir fleurait les dominantes des meilleurs extraits de la prochaine collection.

De cette association improbable, une mélodie semblait accoucher d'elle-même. Avec une volonté propre. Caressante et intime. Si bien que venait toujours le moment où Mamie me poussait délicatement en dehors de la pièce, fébrile, le regard étoilé, refermant la porte derrière moi comme on tire les rideaux de la chambre. Je revenais toujours quand la porte se rouvrait, signal que l'entracte s'achevait et que le spectacle tout public allait se poursuivre. Je dis *tout public* mais j'ai su, plus tard, que j'étais en réalité la seule tolérée au coeur de cette oeuvre bien-aimée. Je ne savais pas ce qui se sentait le plus fort: l'amour de Rose pour l'osmologie, celui de Narcisse pour l'*allegretto* et l'*adagio* ou celui de l'un pour l'autre. Je virevoltais le long du dernier acte, enivrée par l'harmonie des effluves et des arpèges qui dansaient avec moi dans la pièce, mêlées aux particules de poussière en suspension dans les rayons du soleil. Mon corps encore maladroit et gracile ancrait dans la matière cette osmose sacrée entre deux génies artistiques.

La note de tête résonnait aux premiers accords de Narcisse puis glissait crescendo vers la note de coeur à mi-chemin du morceau qui s'achevait une fois la note de fond tout à fait éclose.

C'était à la fois fabuleux et limpide d'être l'incarnation de cette alliance. Il ne pouvait en être autrement. C'était ma vérité. Etre le corps contenant le mouvement de ce qui ne se voit pas. Depuis lors, ce rôle m'a portée, exprimant charnellement sans relâche tout ce que je ressens.

Cette famille a composé la femme que je suis aujourd'hui: une essence capiteuse, sans compromis ni détour, aux accords majeurs joués d'une main imposante, brusquant les sens.

A présent quand je me love au creux du cou d'un amant, j'entends sa musique. Chaque odeur, chaque homme a une mélodie, une empreinte particulière. Et mon corps dans nos étreintes danse cette identité sensitive singulière, célébrant ce que nous sommes ensemble.
Parfois, leur arôme est si diffus qu'il m'écoeure. Parfois, il me fait couler les larmes. Vestige d'un bonheur obsolète qui s'évapore au petit matin. J'ai cru par moments retrouver l'union sacrée de Rose et Narcisse, mais toujours elle m'échappe, pareille à la *recette de grand-mère* impossible à restituer à l'identique.

Oui, je me souviens des mélodies parfumées de mes grands-parents. De ce qu'elles évoquaient pour moi et mes narines sensibles. Et puis, la poésie amoureuse des mots échangés.

— Non, Rosy, cette odeur est trop agressive pour cette musique lente qui berce doucement. Cette odeur-là vous prend au nez, *forte*. C'est un tango argentin! Debussy sentirait ça, il serait scandalisé qu'on puisse associer son *Clair de Lune* à ces émanations de roturière !

Dans ces moments où les senteurs et les bémols soutenaient mes arabesques, je me sentais prodigieusement vivante et heureuse.

Je suis devenue danseuse, évidemment. Quand je danse, me reviennent ces vibrations frissonnantes. Il m'arrive de tourner sur moi-même dans le silence de mon appartement donnant sur la place Bellecour; tentative lasse de retrouver dans la mémoire kinesthésique, ces créations devenues inaccessibles. Cette grâce absolue n'est plus. Mon grand-père est mort il y a deux ans. Je danse encore ce qui a commencé grâce à eux et que je refuse d'arrêter. Arrêter le tuerait tout à fait. La tuerait à son tour.

Mamie continue à venir me voir danser. Notre pacte silencieux. Il reste ce battement visible du corps qui se débat sur scène pour montrer qu'il existe. Que tant qu'on respire, qu'on bouge, ça prouve qu'on est vivant. Je ne sais pas ce que sera ma vie quand je ne pourrai plus danser.

Est-ce que ce sera comme mourir un peu ?

Mamie Rose, quant à elle, ne compose plus. Elle souffre de presbyosmie. Elle ne sent plus. Son médecin dit que c'est l'âge. Moi, je sais que c'est son corps qui refuse de sentir. Trop douloureux d'être vivante sans lui. Et créer seule, plus encore. A quoi bon ? Elle a essayé mais confesse :

— Mes senteurs sans ses notes sont vaines. Elles coulent et s'effacent, comme des larmes.

Leur dernière création commune s'appelait *Papillon de nuit*. Sans doute, inconsciemment, pour se préparer à admettre l'impermanence de l'autre. Sa composition est ample et linéaire. Ca signifie que son impression olfactive reste inchangée malgré son évaporation dans le temps, à l'instar de leur amour.

Elle m'a demandé qu'on l'enterre nue dans un linceul, habillée de quelques gouttes d'*Osmose*, leur première création. Celle qui a scellé leur union et qu'elle souhaite porter pour leurs retrouvailles, parant son âme d'habits de fête.

Sommaire

- Frémir .... Page 9
- C'est quoi la réalité ? .... Page 11
- Comme dans un conte — *(Prix Printemps Russe de Montauban)* — Page 13
- Au lieu de ça .... Page 19
- Je suis dangereux .... Page 21
- Brèves de Comptoir .... Page 25
  - *Juste un doigt*........... Page 25
  - *JTM*....................... Page 25
- La poire en deux .... Page 27
- Je me suis regardée .... Page 39
- Pour toujours. .... Page 41
- Esprit(s) de Noël .... Page 53
  - *Joyeux Noël*.............. Page 53
  - *Bonjour le cadeau !* Page 53
  - *La bûche*................... Page 54
- J'ai toujours rêvé .... Page 55
- Fuir le bonheur .... Page 59
- Rose & Narcisse .... Page 71

Remerciements

A mes lecteurs, qui font battre mon petit coeur si fort !

A mes amis & ma famille, mon socle.

Aux concours de nouvelles et leurs contraintes qui ont boosté ma créativité.

A ma mère, tout particulièrement, qui m'a donné le goût des mots et d'y *mettre de la sauce autour.*

Vous venez de finir ce recueil et vous voulez m'en parler ?

cecileblancheauteur@yahoo.com

Pour suivre mon actualité, c'est par ici :

www.cecileblanche.wordpress.com

Facebook : Cécile Blanche Ecrivain
Instagram : @cecileblancheauteur

À bientôt ☺

Découvrez aussi mon **premier roman**
J'avais prévu autre chose ...

Chloé, la trentaine, se définit elle-même comme handicapée : maladroite, timide & immature. Elle s'appuie beaucoup sur les hommes de sa vie pour rester en équilibre.
D'abord Marc son père, puis son meilleur ami Alek & enfin, Daniel l'homme de sa vie & futur père de ses enfants.
Alors, quand il sort brusquement de sa vie, sa bonne humeur en prend un coup !
Heureusement, ses amis l'entourent, l'écriture de son roman l'occupe & bien des surprises l'attendent.
Avec humour & authenticité, Chloé nous livre ses fêlures, ses merveilles, ses petites victoires & ses rencontres.

Déjà plus de 400 lecteurs conquis par l'histoire de Chloé !

" L'auteure touche, captive l'attention, émotionne, tient le lecteur dans l'enthousiasme à chaque instant, d'une tranche de vie. Addictif! "

" Une ode à la vie, une porte vers l'espoir & la confiance en soi "

" Un super roman feel good. A dévorer ! "

Merci ...
Ma plus belle histoire, c'est la nôtre !